Tu ne finiras jamais dans une assiette, ma chère

Meryl Schmalz

Tu ne finiras jamais dans une assiette, ma chère

LA JOIE DE LIRE
ENCRAGE

À Réjane & Nan-nan

Chaque année, dans le petit village où j'ai grandi, au début de l'été, la rue principale se transforme en une grande fête. Bancs et tables sont installés. On propose toutes sortes de délices : saucisses, bières artisanales, vins locaux, crêpes et douceurs confectionnées par les femmes paysannes.

J'avais neuf ans quand ma mère m'y emmena pour la première fois. Je me souviens des gens heureux. La musique joyeuse, les verres qui s'entrechoquent, les voix qui se chevauchent. Je reste là, les yeux écarquillés, jouissant de cette belle atmosphère.

Après quelques heures, alors que nous sommes à table, nous entendons une voix dans le micro qui annonce le début de la tombola. Avec insistance, elle demande l'attention de tous pour annoncer quel sera le prix à gagner.

UN COCHON !

Avez-vous bien entendu ?

Le gagnant remportera un cochon !

Qu'est-ce que j'entends là ?

Une dame passe à notre table avec un cahier.

— Maman, je peux choisir un numéro ? S'il te plaît, un cochon, tu imagines !

— D'accord ! Joue si tu veux !

Elle me sourit et me donne une pièce.

— Je voudrais un ticket, s'il vous plaît.

— Bien sûr, ma petite, c'est deux francs. Choisis le numéro que tu veux et écris ton nom à côté.

En ouvrant le cahier, je me rends compte que des dizaines de pages sont déjà remplies.

Les bouchers et autres charcutiers de la région sont déjà passés par là… Je ne réfléchis pas trop et choisis au hasard un numéro que j'écris à côté de mon nom.

Il se faisait tard pour la fillette que j'étais. Nous sommes rentrées à la maison avant de savoir qui avait gagné le gros lot.

À peine arrivées, ma mère et moi nous sommes installées un moment dans le salon. Soudain, le téléphone sonna.

Après un court silence, j'ai entendu ma mère réagir avec étonnement :

— Quoi ? Oh non ! Mais ce n'est pas possible !

Très intriguée, je me suis approchée pour tenter de comprendre ce qui se passait.

— Tu as gagné le cochon ! dit ma mère, entre rire et larmes.

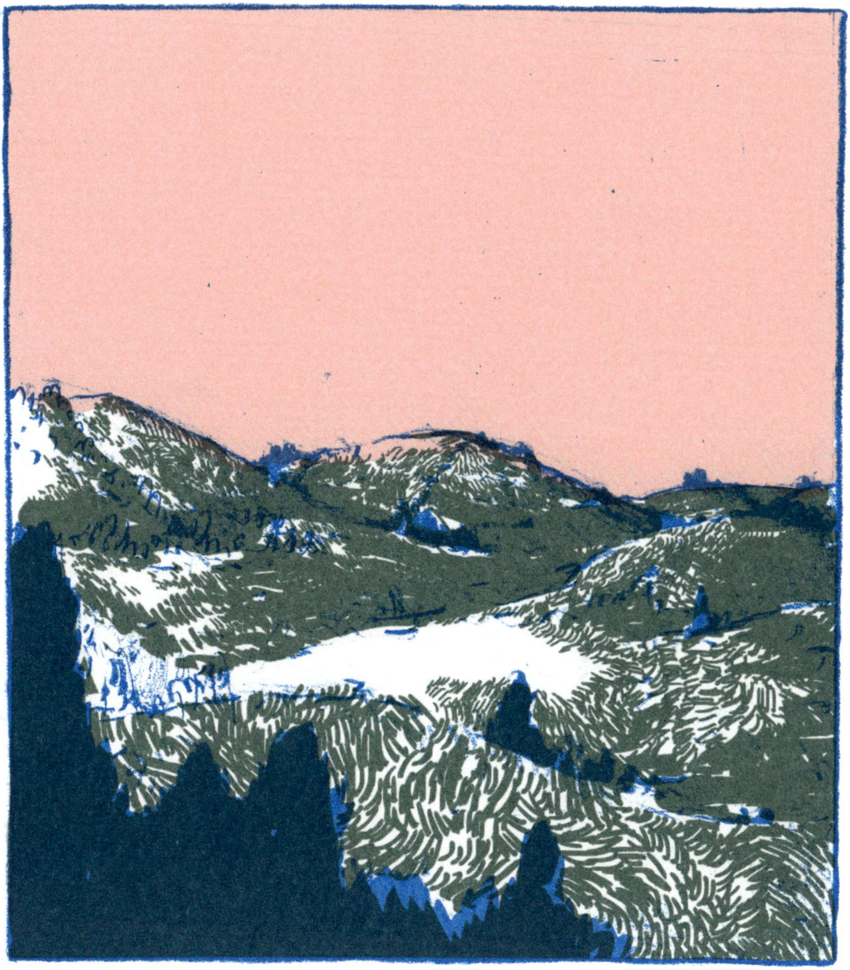

Quelle nouvelle ! Jusqu'à l'arrivée de l'animal à la maison, je n'ai plus pensé qu'à ça.

C’était un samedi, je me souviens d’avoir vu de loin la voiture et sa remorque.

Avec mon père, depuis une semaine déjà, nous préparions un espace dans le champ de mon grand-père, devant notre maison.

Nous avons construit une petite maison en bois garnie de paille. Son nid était prêt.

Le fermier sortit l'animal de la remorque
et nous présenta une petite truie rousse.

DRIIII

NNGG

Le temps était venu pour moi de réaliser quelle chance j'avais eue. Drôle de chance, qui met sur votre chemin un être si mignon – mais si peu ordinaire.

Je réalisais à quel point nos actions ont parfois des conséquences qu'on n'aurait pas imaginées.

Ces dernières années, j'ai sauvé pas moins de dix souris des griffes de mon chat,

trois oiseaux tombés de leur nid,

une oie abandonnée par sa mère,

et j'ai souvent apporté des légumes de la maison
à une famille d'escargots.

Mais aujourd'hui, il s'agit de vivre avec une truie dans notre jardin.

La vitesse à laquelle elle grandissait m'impressionnait beaucoup. Elle était devenue une compagne indispensable.

La regarder grandir était une belle leçon de vie.

Un jour, en rentrant de l'école, je trouvai ma mère dans la cuisine. Je remarquai tout de suite la polenta sur le feu.

— Super ! Tu as fait de la polenta, maman !

— Oui, mais c'est le repas de Nourrin.

Cette truie mangeait pour nous quatre.

Le champ où nous avions installé son enclos était à cent cinquante mètres de la maison, tout en montée. Un jour, elle était tout là-haut quand je lui apportai sa nourriture.

À peine m'a-t-elle aperçue avec le bidon bleu rempli de polenta qu'elle a commencé à cavaler comme une folle dans la pente. J'ai failli laisser tomber le bidon et partir en courant !

Les personnes qui se promenaient le dimanche devant notre maison s'arrêtaient pour lui dire bonjour et lui donner à manger.

Un homme qui louait un atelier en bas de chez nous lui apportait régulièrement des chocolats dans des boîtes raffinées.

Ambassador
Cailler

En deux ans, Nourrin était devenue énorme.

J'avais pris l'habitude, depuis qu'elle était petite, de m'allonger près d'elle sur la paille chaude de sa petite maison. Mais un jour, mon père me dit…

— Je sais combien tu es proche de cette bête, mais rappelle-toi qu'elle pèse près de 300 kilos. C'est peut-être dangereux de s'allonger près d'elle. On ne sait jamais comment un animal peut réagir.

Même si je savais au fond de moi qu'elle ne m'aurait jamais fait de mal, j'ai écouté le conseil de mon père.

Je l'ai vérifié avec mon frère, lorsque nous avons tenté de la promener dans les champs ! Nous pensions possible de lui passer le collier de notre chien.

Le lui attacher fut facile, mais une fois la porte de l'enclos ouverte, nous nous sommes bien vite retrouvés par terre, tandis que Nourrin filait déjà à travers champs.

Nourrin a eu de la chance de ne pas finir entre les mains d'un boucher, j'en étais heureuse par-dessus tout, mais heureuse aussi pour l'occasion qui m'avait été donnée de voir les choses autrement.

J'ai ressenti comme un privilège de pouvoir m'occuper d'elle et comme une mission de la protéger, mais elle m'apprenait en retour qu'elle était libre aussi de n'en faire qu'à sa tête.

En grandissant dans la ferme de mon grand-père, j'ai toujours eu un lien direct avec les animaux qu'il élevait.

Mais le constat était tragique, puisque tout le monde ici devait finir dans la poêle à frire !

Au bout de quatre ans, Nourrin m'arrivait à la taille. Quand elle était agitée, elle me mettait à terre d'un coup de hanche. Plus je grandissais, plus je réalisais à quel point j'étais attachée à cet animal.

J'avais une relation vraiment spéciale avec elle. Elle ne semblait pas avoir les mêmes émotions qu'un chien ou que tout autre animal de compagnie. Nous l'avions éduquée, elle nous reconnaissait et nous respectait bien au-delà de son instinct.

J'ai développé pour cet animal un respect très différent des valeurs que j'avais reçues en grandissant dans une ferme et en observant la relation de mon grand-père avec le bétail qu'il élevait pour le dîner.

Tu ne finiras jamais dans une assiette, ma chère. Ça, je te le garantis.

Un matin d'octobre, mes parents nous ont appelés dans le salon, mon frère et moi, pour une annonce qui semblait importante.

— Les enfants, on a quelque chose à vous dire.
Nous avons décidé de déménager.

— Ce n'est pas très loin d'ici, mais nous ne pourrons plus garder Nourrin dans le jardin.

MASSEY - FERGUSON

La nouvelle m'a fait l'effet d'une bombe dans l'estomac. J'ai mal réagi. Je ne pensais pas encore aux conséquences pour Nourrin. C'était la première fois que je déménageais. Je ne pouvais pas imaginer changer tout mon environnement.

17

Ma chambre que je venais de meubler, les champs où l'on jouait à toutes sortes de jeux, les activités quotidiennes de mon grand-père qui créaient un environnement sonore, du tracteur aux tirs de fusil pour éloigner les corbeaux des vignes.

Je me sentais en symbiose avec tout ce décor.

8 MARZO

Puis est arrivé le moment de penser à ce qu'allait devenir Nourrin.

Nous avons imaginé la mettre avec les autres cochons à la ferme de tante Florence. Nourrin serait toujours près de nous et pourrait rester avec d'autres animaux de son espèce.

— Elle sera heureuse, ne t'inquiète pas, les animaux s'adaptent rapidement à leur environnement.

Une partie de moi s'identifiait à elle, et j'essayais de ne pas lui transmettre ma peur du changement.

— Tu verras que tout ira bien, Nourrin. Ce sont des animaux comme toi, il y en aura beaucoup, bien sûr, mais vous vous entendrez bien. J'en suis sûre.

— Et puis, tu es rousse, impossible qu'on te confonde avec une autre. Comme ça, pas de danger qu'on t'envoie à l'abattoir.

Je viendrai te voir.

Puis tout est allé très vite.
Je me souviens du camion qui la chargea, elle était si nerveuse. Son poids ne facilitait pas les choses. Rien n'était rassurant pour elle.

Je n'ai pas assisté à son arrivée dans la ferme de ma tante. Une partie de moi a refusé sa nouvelle condition. J'avais déjà commencé mon deuil.

Rien ne serait plus comme avant. D'autres perspectives se dessinaient déjà dans ma nouvelle maison.

Deux jours après le déménagement de Nourrin, toute la famille se retrouva pour Pâques à la ferme de mes grands-parents.

Une de mes tantes me chuchota qu'elle avait quelque chose à me dire. Instinctivement, on commence toujours par imaginer le pire en premier.

Elle m'a peut-être aidée à comprendre que les mauvaises nouvelles peuvent être anticipées, même de quelques secondes.

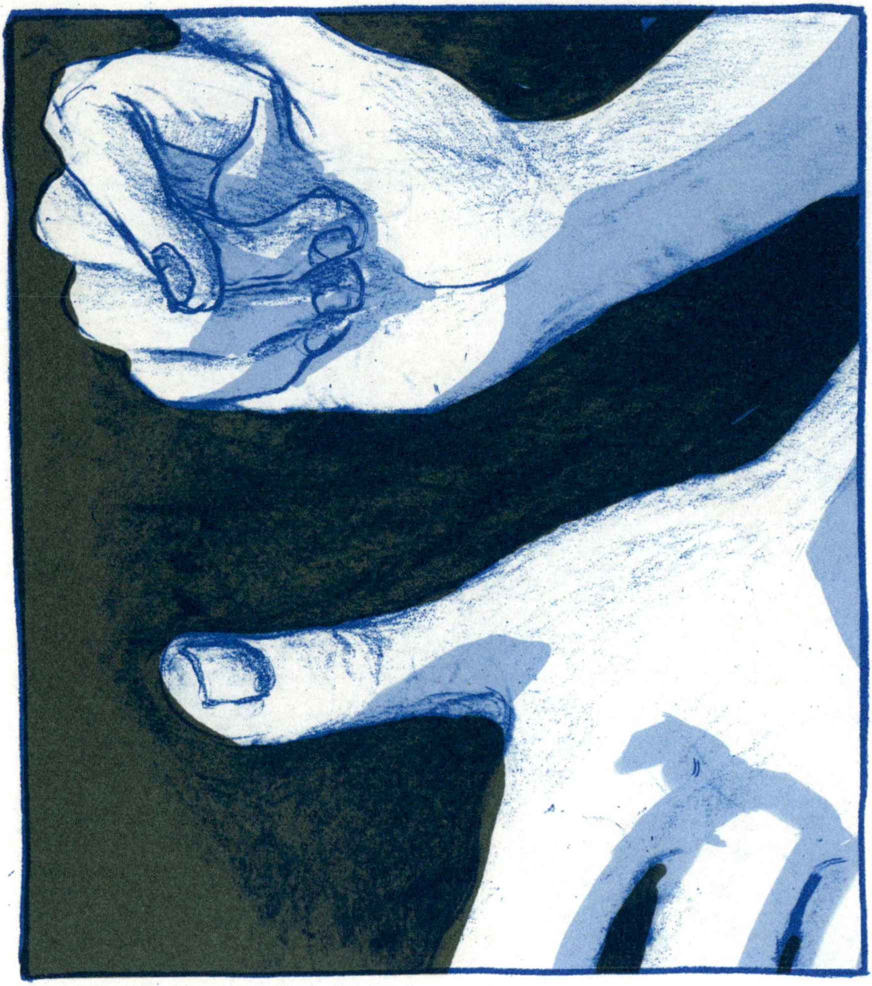

Puis elle m'a dit…

— Nourrin est partie...

— Tu sais, les cochons ont un cœur très fragile, il suffit d'un petit stress pour qu'ils aient une attaque. Elle n'a pas surmonté le choc du transfert, je suis désolée.

À cette nouvelle, je ne me suis pas sentie si triste.

Après tout, je savais que c'était ce que je voulais.
Elle sera morte au bon moment, et j'aurai l'honneur de raconter son histoire de cochon, celle qu'elle a vécue…

… tout au long de ma vie.

Je tiens à remercier toutes les personnes qui m'ont soutenue pendant que je travaillais sur ce projet entre Bologne et Genève. Pour leur présence et pour avoir cru en moi et en la nécessité de raconter cette histoire.
Un merci très particulier à Emilio Varrà et Stefano Ricci, pour m'avoir plus qu'accompagnée dans la réalisation de ce livre. Pour leur patience et leur soutien permanent, merci à Guillaume, Silvia, Vincenzo, Giulia, Isabelle et John. Merci à Claudio Cicchini pour son aide à l'impression. Un dernier merci à Carlo, de la part de Nourrin, pour le délicieux chocolat.

Meryl Schmalz

Meryl Schmalz est diplômée de la HEAD (Haute École d'Art et de Design) de Genève, ainsi que de l'Accademia di Belle Arti di Bologna. Elle figure parmi les jeunes artistes prometteuses de la scène suisse. Pour La Joie de lire, elle a illustré *Les Rêves* de S. Corinna Bille. *Tu ne finiras jamais dans une assiette, ma chère*, récit autobiographique, est son premier roman illustré.

Dans la même collection
Encrage graphique

De 1850 à 1920, la misère est telle que des familles tessinoises sont contraintes de vendre leurs fils comme main d'œuvre. C'est l'histoire de Giorgio mais aussi de tant d'autres petits compatriotes qui quittent leur Suisse natale pour l'Italie. À Milan, ils découvrent la grande ville. Mais aussi le destin qui les attend : ramoneur. Maltraités, ces enfants vivent dans des conditions atroces. Beaucoup meurent au travail ou de malnutrition. Pour essayer de s'en sortir, ils décident de créer une association, celle des Frères noirs. La chance de fuir ce calvaire se présente à certains, mais la route du retour sera longue et dangereuse.
Un récit richement illustré basé sur la véritable histoire des petits ramoneurs tessinois.

Varsovie, octobre 1940. Le quartier dans lequel vit Misja, sa sœur et ses parents, est transformé, sous l'occupation nazie, en ghetto. Tous les Juifs de la ville et de ses environs y sont enfermés. Misja, lui, refuse la situation, il ne veut pas se laisser emmener à l'abattoir comme un agneau…
Un tableau sans concession du ghetto de Varsovie et de cette époque. La plume alerte et réaliste d'Aline Sax fait de ce roman un des plus beaux écrits à ce jour pour les adolescents sur le sujet. À l'heure de la montée des populismes un peu partout en Europe, ce livre nous rappelle qu'il est parfois bon de regarder en arrière.

Les Éditions La Joie de lire bénéficient d'un soutien structurel
de l'Office fédéral de la culture pour les années 2021-2024.

Les Éditions La Joie de lire bénéficient du soutien
de la République et canton de Genève.

5 chemin Neuf, CH-1207 Genève
ISBN : 978-2-88908-579-8
Dépôt légal : février 2022
Imprimé en Lettonie

Mise en page : Pascale Rosier et Christelle Duhil